RACCONTI DELL'APUANO

GAETANO CARLO CHELLI

Texte et illustration de couverture : © domaine public
Edition : Culturea (Hérault, 34)
Contact : infos@culturea.fr
Retrouvez notre catalogue sur http://culturea.fr
Imprimé en Allemagne par Books on Demand
Design typographique : Derek Murphy
Layout : Reedsy (https://reedsy.com/)

Dépôt légal : janvier 2023
Tous droits réservés pour tous pays

ISBN : 9791041845309

PER UN FIORE!

Lettrici gentili, voi non conoscete Giorgio Alviti. Se lo conosceste, io credo che nel fondo del vostro cuore, si troverebbe un palpito arcano di simpatia verso l'eroe sfortunato del nostro racconto.

Bello, giovane, allegro, spiritoso e ricco, ecco le sue doti. Convenite che le medesime riassumono molti elementi necessarii a rendere amabile un uomo.

Se poi conosceste la causa di una sua qualità caratteristica, non ridereste ai fenomeni che ne sono la conseguenza, mentre ignorandola, vi sarebbe da ridere assai, malgrado tutto.

Un giorno il nostro eroe era immerso in uno di quei colloqui misteriosi nei quali le nostre labbra non trovano che voci e parole incoerenti; ma che pur tanto esprimono. Tali colloqui non avvengono altrimenti che fra due persone di sesso diverso e che stanno per incamminarsi sulla via dell'amore. La romantica compagna di Giorgio - una leggiadra brunetta molto nervosa e quindi molto facile alle emozioni - pendeva affascinata dalle labbra eloquenti del suo interlocutore. Ella non rispondeva più che con parole tronche, indistinte, che si esalavano a metà in un sospiro e in un palpito. Ella sognava un mondo di beatitudine, e nelle sue vene scorreva il fremito di una strana voluttà.

Dopotutto però, la posizione della leggiadra brunetta era imbarazzante assai, e questa sentì il bisogno di farla cessare.

Non v'era mezzo migliore, per raggiungere scopo siffatto, che cambiare argomento. L'adorabile fanciulla vi si attenne.

Era fermato al suo petto un mazzolino di violette. Essa lo staccò lentamente. Lo guardò fiso fiso, ed accomodando con delicatezza e con imbarazzo i vari fiorellini chiese a Giorgio:

— Osservate le belle violette! Emma, quella pazza fanciulla, sa ch'io la amo di molto e...

Ma non finì.

Giorgio aveva seguito i moti della giovinetta. Così, egli si accorse del mazzolino.

A tal vista, uno strano cambiamento operossi in lui. Egli divenne pallido per ribrezzo; quasi tremò confuso e annichilito com'era, e quando la sua interlocutrice sporse innanzi la mano, come per invitarlo a prendere il mazzolino, fece un tal salto indietro e gli si sprigionò dal petto un tal urlo, che sembrò lo avesse mosso un serpe.

Una voglia irresistibile di ridere s'impadronì della fanciulla che rise, rise con tutta l'anima, a piena voce…

Povero Giorgio! Il faticoso edificio innalzato dalla sua eloquenza era caduto. Nulla ormai avrebbe potuto innalzarlo di nuovo. Giorgio in un istante era divenuto ridicolo agli occhi di colei che lo avrebbe forse amato con trasporto ed entusiasmo.

Che un fiore faceva tale effetto su Giorgio, non era la prima volta e non doveva esser l'ultima. La sola vista de' fiori esercitava nel povero giovane la stessa influenza di ribrezzo che provereste, care lettrici, al contatto di un rettile.

A noi così strana antipatia solletica la curiosità. Noi ne vogliamo conoscere la prima origine. E buon per noi che un siffatto desiderio non ci sarà difficile appagare.

Nessuno ha mai resistito al fascino della bellezza. Secreto o palese, l'amore alligna in ogni cuor di mortale, e in esso solo, forse, sta riposto il secreto di tutte le agitazioni della vita, glorie od infamie, gioie o dolori, ricchezze o miserie.

Giorgio amò - Amò la bellezza dell'anima e la bellezza della materia riassunte in una fanciulla - Questa fanciulla si chiamava Ida.

Figuratevi una giovinetta rosea, bionda, dall'occhio ceruleo, dalle labbra bellissime atteggiate ad eterno sorriso, da quell'espressione ardente dello sguardo e delle movenze che suppone una quasi violenza di affetti e di sentimenti, un impeto, così nel piacere come nel patimento. Tal era Ida.

La voce della leggiadra era un'armonia, un gorgheggio infinito. A lei non mancavano davvero argomenti, e, testolina bizzarra, la non risparmiava punto i poveretti o le poverette che, presente lei, avessero fatto o detto cose che dassero campo al sarcasmo od al riso

C'è da scommettere che la non avesse pensato mai all'amore. In quell'ambiente di felicità e spensieratezza ov'ella viveva, il vuoto del cuore non poteva esser sentito. Ma una volta ella sentì come una forza misteriosa che le facea volger lo sguardo, e questo andò ad incontrarsi con quello di Giorgio.

Allora il cuore di lei provò moti mai provati prima. Una smania, un accasciamento di tutte le forze, una noia alla vista di ciò che in passato la divertiva, e poi certe preferenze per certi luoghi, un desiderio irresistibile di solitudine, un affanno arcano, un continuo fantasticar sull'ignoto, quasi una volontà strana di piangere di nulla e per nulla, modificarono il suo carattere. Giorgio l'amava. Ella amò Giorgio.
Furon felici per qualche tempo: un tempo che volò e si estinse colla velocità del pensiero. Se si avesse detto a lei che tutto ciò doveva presto cessare, avrebbe riso di molto e dato dell'imbecille al cattivo profeta. Ell'era convinta, fermamente convinta, che il suo contento, il suo amore sarebbe durato eterno.

Ma nel suo carattere Ida aveva un difetto. Questo difetto fu quello che distrusse il sogno dell'amore dell'Ida, e che fece la sventura di Giorgio.

Nella impetuosità del suo carattere, nell'ardenza dell'affetto suo, Ida voleva che Giorgio portasse a lei la sommissione di uno schiavo, poi era gelosa e sospettosa di molto.

Una sera, - sciagurata sera! - fra l'Ida e Giorgio avvenne una di quelle scaramuccie di amore che offuscano di qualche lieve nube l'orizzonte, ma che ordinariamente non conducono la tempesta. La sera innanzi Giorgio aveva applaudita con trasporto una ballerina. Ida fu gelosa di quell'applauso e sospettò che Giorgio le fosse infedele coll'intenzione.

Quando il povero giovane fu partito irritato di non poter convincer la bella severa, ella disse fra sé:

— Vedremo ciò ch'egli farà allo spettacolo di questa sera.

Giorgio non aveva mai amato i fiori. L'odore di essi produceva in lui l'emicrania, e se pur comprendeva che quel profumo potesse piacere negli appartamenti, non si dava però pace che un individuo, e specialmente un individuo maschio, potesse girandolare con un fiore o con un mazzolino sul petto od in seno.

Ida sapeva tutto ciò.

Quella sera Giorgio non voleva recarsi a teatro. La sua assenza avrebbe convinto l'Ida ch'egli non aveva nulla colla ballerina.

Già calcolava come impiegare altrimenti le ore, quando un nuovo ordine d'idee lo fece cambiare affatto determinazione.

Egli non amava Ida soltanto con veracità di sentimento. L'amava con tutto l'ardore dell'entusiasmo. Vederla era per lui un fascino inebriante, un bisogno irresistibile.

D'altronde, se la sua presenza in teatro poteva dar qualche sospetto all'Ida, egli avrebbe saputo distruggerlo non lasciandosi punto trasportare dalle piroette delle ballerine e badando di non applaudir questa per nessuna causa. L'essere invece assente dalla platea, non poteva forse far nascere nell'amata il sospetto ch'egli fosse dietro le quinte o ne' corritoi vicini al palcoscenico?

Giorgio decise adunque entrare in teatro ed entrò.

Lo spettacolo era già cominciato; ma tre o quattro amici del giovane erano tutt'ora nell'atrio a discorrere assieme. Salutarono Giorgio e lo chiamarono. Egli si fermò e prese parte ai loro discorsi.

L'argomento erane un'avventura galante che aveva a protagonista la ballerina applaudita la sera innanzi da Giorgio.

Ecco di che si trattava.

Fin dal principio della stagione erasi invaghito della leggiadra silfide un distinto celibatario della città. Egli aveva avanzate le sue proposte, che dopo qualche tempo erano state accettate. Poco credente però della virtù delle donne da teatro in generale, e delle ballerine in particolare, dicevasi ch'egli fosse stranamente geloso. Si narrava in quella sera di una scena tragicomica avvenuta al mezzogiorno fra il signor M. (il celibatario) e la ballerina, e se ne rideva di molto.

Giorgio rise anch'egli alla notizia.

Uno dei giovani che Giorgio aveva incontrato, teneva fra le mani un fiore. Al nostro eroe venne una pazza voglia di possederlo. Lo chiese all'amico:

— Scusami — rispose quest'ultimo — ma non posso davvero servirti. Questo fiore mi è troppo caro. D'altronde, a che te ne serviresti? Tu abborri i fiori.

— Ebbene — disse Giorgio ridendo — se tu mi favorisci ti prometto che, per la prima volta in vita mia, mi appunterò il fiore all'occhiello e resterò così in teatro fino alla fine dello spettacolo.

— Tu!… Tu ammalato di rabbia canina contro questi gentili prodotti di madre natura!… Ah! ah! La è davvero ridicola!…

— Dunque?

— Dunque, voglio vedere anche questa!

E dette il fiore a Giorgio.

Esso lo fermò all'occhiello, e tutti entrarono in platea.

Ida era in un palco di seconda fila assieme ai propri genitori. Il signor M. era andato a far visita a quella famiglia.

Abbiamo detto che la fanciulla era gelosa e sospettosa assai. Sulla tardanza di Giorgio allo spettacolo, aveva fabbricato mille castelli in aria, e come il giovane aveva temuto, si figurò che per quella sera egli volesse starsene fra le quinte del palcoscenico.

Pure essa interrogava ad ogni istante e con ansietà l'ingresso delle sedie chiuse, ove Giorgio aveva un posto assai presso al palchetto.

Appena dunque l'amante entrò, Ida lo vide. Lo vide, e divenne pallida come la cera.

Il fiore brillava all'occhiello del giovane, che ostentava una pazza allegria.

Mille sospetti suscitò nel cuore della povera innamorata quel fiore fresco e smagliante. Se il suo Giorgio aveva potuto adornarsi di quelle foglioline odorose che tanto poteano esprimere nel misterioso linguaggio dell'amore, ciò avea dovuto essere a seguito di un istante di ebrezza indicibile, capace di cambiare fin anco i gusti ed il carattere del perfido! Da lei Giorgio aveva sempre rifiutato un fiore. Era dunque necessario che, per accettarlo da un'altra, amasse la seduttrice a mille doppi maggiormente di quello che non aveva amato lei. E la povera Ida che avea sognato col traditore un lungo avvenire di felicità! Un'infinita vicenda di dolcezze e di affetto! Oh!, credete alle proteste dei signori uomini... Essi vi turbano il cuore e la mente... Vi fanno provare palpiti arcani ed impetuosi; gettano tutta voi stessa nelle illusioni di un sogno fantastico e soave, eppoi, alle prime lusinghe della prima sirena incantatrice, vi abbandonano, stanchi dell'amore onesto e virtuoso, per bere fino alla sazietà le dolcezze, che si cangiano poi presto in fiele, del tradimento e della colpa!...

Così Ida eccitavasi seco stessa, cedendo all'impulso di una sùbita aberrazione. Era tanto convinta del tradimento e della perfidia di Giorgio che la non avrebbe ascoltato da parte del giovane nessuna scusa, non l'avrebbe convinta in suo favore nessun argomento, non avrebbe dato fede a nessuna prova con cui si fosse tentato di ricondurla a più sano giudizio.

Ad onta però di un pallore permanente e di un tremito impercettibile di tutte le membra Ida non tradì il secreto dell'aspra battaglia che si combatteva in cuor suo. Giorgio non doveva accorgersi di nulla. Non doveva avere il trionfo di vedere andare in ismanie colei che aveva così indegnamente tradito. Egli doveva esser tratto a credere che se non amava più l'Ida, Ida non amava più lui.

Il signor M. si accorse di qualche cosa. Essendo amico intimo della famiglia, e sapendo l'Ida fidanzata a Giorgio, interrogò delicatamente la fanciulla, se la causa dell'indifferenza con la quale essa compensava l'affannarsi dell'amante, che dalla platea cercava ogni mezzo di richiamare su di sé uno sguardo ed un sorriso, fosse qualche lieve dissapore.

— No davvero — rispose Ida — noi non abbiamo avuto nulla fra noi.

Poi a bassa voce:

— Temo — soggiunse — che il nostro matrimonio non avverrà più.

— Come mai? — chiese M. al massimo della sorpresa.

— Guardi Giorgio — disse Ida. — Egli ha un fiore sul petto.

— Verissimo. Ebbene?

— Ebbene! Gli è stato dato da Fanny la ballerina…

V

Il signor M. parve scosso da una scintilla elettrica. Un lampo d'odio o di gelosia, partito dai suoi occhi, andò a conficcarsi su di Giorgio. Questi sentì la potenza magnetica di quello sguardo e ne ricambiò un altro.

Che ha mai con me colui? Chiese a sé stesso il giovane. Ma non trovando una risposta soddisfacente pensò ad altro.

Ida lesse nel cuore a M. Dopo tutto, ella amava sempre Giorgio e provò dolore che le sue parole potessero in qualche modo aver serie conseguenze. Ma a lei non conveniva più ritirarle. Il dado era tratto.

Il sipario calò. M. alzossi e prese immediatamente commiato.

Giorgio, dopo la vanità de' suoi sforzi, era caduto in una di quelle irritazioni nervose che rendono un uomo molto facile alla stizza ed al dispetto. Fantasticando anch'egli sul contegno dell'Ida, sospettò che M. con qualche insinuazione, potesse aver mantenuto vivo nel di lei cuore quel sentimento che era stato la causa e l'effetto della contesa de' due amanti.

Ebbene! Mormorò il giovane, cercherò di avere con quel signore una buona e chiara spiegazione; e se mai…

Non finì. S'era sentito chiamar da vicino.

Si volse. Eragli a lato M.

— Se non vi disturbassi… — disse questo nel modo più compito, ma guardando il giovane di sbieco — Se non vi disturbassi, avrei a chiedervi il favore di un colloquio da solo a solo.

— Sono ai vostri ordini — disse Giorgio, alzandosi senza frapporre un istante di indugio.

Uscirono assieme ne' corritoi.

— In che posso servirvi? — chiese Giorgio quando si vide lontano dallo sguardo dei curiosi.

— Ho da farvi una sola domanda. Chi v'ha dato quel fiore che vi sta così bene all'occhiello?

La domanda era tanto strana e tanto singolare e d'altronde, nello stato di irritazione in cui Giorgio trovavasi, lo urtava in tal modo ch'egli, rosso di collera, disse:

— Permettetemi o signore, di dirvi che una tale domanda mi meraviglia infinitamente. Essa è così assurda, ch'io credo vi vogliate burlare di me, e ciò non consento a nessuno.

— V'ingannate. Vi giuro sul mio onore che non ho mai parlato più seriamente d'adesso. Io torno quindi a chiedervi…

— Basta. Nel caso in cui non si tratti di una burla di pessimo genere, vi dirò che non riconosco punto in voi il diritto di chiedermi ciò che volevate chiedere. Tanto meno poi avete diritto ad una risposta.

— Allora, o signore, siccome so che quel fiore vi è stato donato da Fanny, e siccome era, per parte vostra, una indegnità l'accettarlo…

— Misurate le vostre parole, o signore! Non vi accorgete adunque che m'insultate?

— Ed io vi credo assai buon gentiluomo perché non dobbiate lasciar passare inosservato un insulto.

— Capisco. Due miei amici saranno domani dalle persone che voi scieglierete.

— Vi ringrazio. Permettetemi di prendere commiato da voi. Fra pochi minuti saprete a chi indirizzare i vostri amici.

I due interlocutori si separarono nei termini della più perfetta gentilezza.

VI

Pochi minuti più tardi Giorgio aveva trovato due uomini che consentirono fargli da secondi, e sapeva quali erano i testimoni di M.

Ai padrini fu affidata la scelta delle armi, del luogo e dell'ora del duello. Essi, come sempre avviene, si occuparono invece di trovare il mezzo di appianare quel dissapore, che, evidentemente, doveva essere il risultato di un equivoco.

Ma i loro sforzi furono paralizzati sul nascere. Giorgio si era eclissato, né sapevasi dove potesse aver rivolto i suoi passi. Come avere da lui le opportune spiegazioni?

L'irritazione di Giorgio si aumentò dopo la sfida. Egli non era pauroso, ma si sarebbe dato delle pugna nel capo pensando come l'innocente regalo fattogli dall'amico, il più innocente proposito di farne pompa, potesse trargli sul capo la bellezza di un duello.

Ah!, mormorava; è pur vero che le disgrazie non vengono mai sole! Tormentato dai capricci dell'Ida, addolorato dalla sua gelosia, doveva capitarmi anche quest'altro pasticcio!

E questa è opera dell'Ida stessa, lo giurerei! Quella fanciulla, che pur tanto amo, è stanca di me, non mi vuol più vicino cerca ogni mezzo per sbarazzarsi di un uomo che alla fin fine avrebbe fatto scopo unico della sua vita la brama di circondarla di contento e di felicità, e la non si arresta neppure alla enormità di... Quale infamia! Ho bisogno d'aria libera!

Uscì all'aperto. Infilò la prima strada trovatasi innanzi senza prendere nessuna direzione, ma andando innanzi alla ventura ed a caso. Si allontanò dal centro della città; si trovò ad una delle porte di essa; la varcò, e fu nell'aperta campagna.

Il bujo notevole di quella notte, la pace profonda che tutto intorno regnava, quel silenzio arcano e quasi religioso, quella solitudine completa, lo sollevarono un po'. Calmossi la sua irritazione, e desiderò quindi, più ardentemente che mai, venire ad una spiegazione coll'Ida e riappacificarsi con lei. Circa a M. era necessario vedere qual'era la causa vera che aveva mosso quell'uomo a insultar lui (Giorgio) e se mai in tutto ciò non fossevi stata che la conseguenza di un malinteso o di un equivoco., pensare anche ad accomodare il pasticcio del duello.

Giorgio mulinava tra sé i mezzi migliori di ottenere i risultati che si era proposti. Egli intanto andava innanzi francamente.

Giunto ad un certo punto della strada, sotto un cupo viale di alberi annosi, e presso una foltissima siepe che fiancheggiava per lungo tratto la via, parvegli udire un lieve stormir di fronde. Si fermò sospettoso per cercar la cagione di quel rumore. Non scuoprì nulla affatto. Allora ritenne che fosse stato un alito di vento, o lo svolazzare di qualche uccello notturno.

Fece ancora quattro o cinque passi, ma si fermò poi di botto. Se fosse stato di giorno lo si sarebbe visto impallidire e tremare.

Questa volta non v'era luogo a sbagli. Si erano armati i cani di un pajo di pistole. Contemporaneamente una voce partì dall'altro lato della siepe, imponendo:

— Ferma, o sei morto!

E quattro ombre si disegnarono alla estremità della strada, avvicinandosi precipitosamente a lui.

Appena i quattro aggressori furon presso Giorgio, brillò lo splendore di una lanterna cieca. Giorgio ricevette tutti i raggi di quella sul viso.

— Maledizione! — gridò uno dei quattro — Abbiamo sbagliato!

— Chi ti permette venir qui a quest'ora? — chiese un altro al povero giovane.

— Bastoniamolo per punirlo. — propose un terzo.

Giorgio, invocando tutto il coraggio, se possiamo così esprimerci, dalla gran paura che aveva, scaraventò otto o dieci pugni alla cieca, che colpirono tutti e mandarono a gambe levate tre degli aggressori. Poi prese una corsa sfrenata attraverso i campi.

Sarebbe stata strana cosa il poter vedere quel giovane elegantissimo darsi, così, l'aria di un ladro e affondare, fino alla noce, gli stivaletti sulla terra mossa dei solchi.

Egli non aveva direzione. Correva, senza sapere ove s'andasse. Le case passavangli d'accosto, nel bujo della notte, come apparizioni fantastiche. Così alberi e piante.

L'affannoso sollevarsi del suo petto, la circolazione troppo accelerata del sangue, lo spossamento che segue sempre uno sforzo, l'obbligarono alla fine a fermarsi. Si fermò e guardossi attorno. Era solo, e il silenzio della notte era solo interrotto dai lontani guaiti di un cane che pareva avvicinarsi.

L'atto improvviso di Giorgio aveva sorpreso i cavalieri notturni che avevano assalito il giovane. Quando quello di essi che era restato in piedi pensò ad inseguirlo, il nostro eroe era già lungi di molto. Fu dunque deciso lasciarlo perdere, e que' signori avean buone ragioni a ciò fare.

Giorgio restò qualche tempo immobile per orizzontarsi. Non gli venne fatto. S'arrabbiò contro sé e contro il destino. Imprecò ai capricci dell'Ida. S'ella non ne avesse avuti non sarebbe avvenuto nulla di male. Era necessario assolutamente finirla con quella fanciulla troppo suscettibile e che facea troppo disperare la gente.

Così pensava il povero Giorgio ed in quella situazione imbarazzante l'eccitazione di tutto il suo essere lo traeva a maggiormente fissarsi nella determinazione di lasciar l'Ida.

— Domani! Egli concluse, domani sarà tutto finito.

In quella s'accorse che gli stava ancora sul petto il fiore che aveva provocata la sfida. Povero fiore tutto pesto ed ammaccato che attendeva esser gettato lungi come cosa inutile.

Infatti Giorgio si staccò violentemente il fiore dall'occhiello e lo gettò.

— Anche tu — disse — dovevi venirmi tra' piedi! Va'! giuro che non porterò mai più fiori in vita mia.

I guaiti del cane erano da qualche tempo cessati; ma nella oscurità notturna parve a Giorgio che un corpo nero e grosso si avvicinasse con precauzione. Il giovane tremò credendo di trovarsi di fronte agli assalitori di prima, e si dette di nuovo a fuggire. Se non che, fatti pochi passi, un grosso cane nero gli era sopra abbajando furiosamente e strappandogli a brani l'abito.

Giorgio cadde. Non si poteva difendere. Egli era alla mercé di quel feroce animale. Per sua fortuna sopravvenne uno sconosciuto che seguiva da presso il cane e che levò questo di dosso al povero giovane.

— Chi siete e come siete qui?— Chiese lo sconosciuto.

— Ahimè!, io non so nulla, più nulla! — Mormorò Giorgio provando dolori acuti pei morsi del cane e pel colpo della caduta.— Soccorretemi e vi basti.

— Voi rispondete ben male ad una autorità costituita! — esclamò l'altro ingrossando la voce.

— Ma voi chi siete?

— Io sono la legge!…

Giorgio rise di cuore a questa scappata. Lo sconosciuto saltò in bizza…

— Io sono la Legge — continuò — cioè la Guardia Campestre, ed in nome della legge vi arresto come ladro notturno.

Era troppo! Giorgio s'alzò come spinto da una molla; ma poi restò affranto e scoraggiato, senz'aprir bocca, senza dire una parola di ciò che gli stava nell'anima.

D'altronde, egli non avrebbe potuto reagire. La Guardia Campestre, uomo robusto e ajutato dal suo cagnaccio nero, l'aveva avvinto, e con una prestezza e una maestria degna di miglior causa, lo legò.

Erano distanti forse quattro miglia dalla città, entro i confini di un comune rurale. Quella notte Giorgio dormì o piuttosto vegliò, guardato a vista, nella sala d'udienza del comune, facente funzione provvisoria di carcere.

L'indomani in città s'era disperati. M. era venuto a cognizione del come Giorgio avesse avuto quel fiore che causò la sfida, e così Ida. Il primo era pronto a far le sue scuse al giovane. La seconda desiderava ardentemente riappacificarsi di lui.

Ma Giorgio era sparito. Nessuno sapeva dar novelle di lui. In città era un dire, un meravigliarsi straordinario, giacché, dopo tutto, l'amante d'Ida era conosciuto di molto e tutti gli volean bene.

Dopo un paio d'ore d'infruttuose ricerche, quando alcuno cominciava già a pretendere che Giorgio si fosse annegato o datasi una pistolettata nel cuore o fuggito in America, una frotta di contadini, con a capo la Guardia Campestre, entrò in città, tenendo in mezzo, mani e piedi legati, il povero Giorgio senza cappello, tutto lacero ed infangato, pieno di lividure.

La folla si accalcò intorno a quello strano corteggio che entrò nel corpo di Guardia. Si procurò da tutti venire a capo del pasticcio e non fu difficile ritornare il giovane ai desolati parenti.

Appena rientrato in casa, Giorgio protestò che non voleva più sentire parlare dell'Ida. Poi si chiuse in un silenzio profondo, in una concentrazione strana di ogni facoltà del corpo e dell'anima. Nessuno, per quanti sforzi facesse, fu buono a trargli di bocca una parola. Soltanto d'ora in ora, Giorgio ripeteva cupamente:

— Per un fiore!!...

IL SEGRETO DEL CUORE

"Caro Roberto,

non perdo un minuto a risponderti. La consolazione che desti alla Lisa ed a me, ci fa tuoi debitori di una gratitudine senza limiti. Se sfortuna volle che un bambino non nascesse da noi, la nostra vita non sarà priva per questo della consolazione di avere una figlia, e in quell'affetto che tu ci procuri concedendoci l'Irma, l'anima nostra troverà il compenso alle tristezze ed alle delusioni provate.

"Partirò tosto per venire a prendere l'Irma. Tutto è preparato pel suo ingresso in casa nostra, e quel giorno che ciò avverrà, sarà una festa così piena e una gioia così pura, da non perderne mai la viva rimembranza...".

Questo ed altro scriveva Gianni al fratello Roberto, sul progetto di prendersi seco l'Irma, figlia dell'ultimo.

Il progetto era nato da un pezzo, e se n'era già parlato di molto. Gianni, nella Lisa, aveva trovato bellezza, grazia ed amore. Que' due sposi non avevano mai provato le amarezze che procurano le privazioni, avvegnaché fossero ricchi ambedue. Dalla società ricevevano mille lusinghe e mille onori.

Ma non per questo erano felici. Ambedue avevano bramato ardentemente rivivere in un figlio, ed essere allietati dalle sue carezze. Sbalzati, per ragioni di affari, lungi dal paese natio, risentivano tanto maggiormente il bisogno dell'affetto paterno. Questo la fortuna loro negò, e la loro vita fu triste assai in quell'isolamento ed in quel vuoto.

Perduta cogli anni qualunque speranza e qualunque illusione, vollero che la pienezza d'amore che riservavano ad un loro figlio, fosse riversata in un'altra persona che ne prendesse il posto.

Il fratello di Gianni, da lungo tempo anch'egli ammogliato, aveva avuto due figlie, due cari angioletti. Irma e Lidia erano la benedizione, il gaudio della famiglia. Possedevano le grazie tutte di una soave bellezza. La loro vita era un sorriso celeste ed infinito. Se qualche volta la smunta faccia del dispiacere o della noia, fe' capolino all'uscio di quella casa avventurata, l'armonia della loro voce, l'incrociarsi crepitante dei loro frizzi, le risorse del loro spirito educato e gentile, e finalmente la sovrabbondanza delle loro tenerezze e delle loro carezze, scacciavano tosto il genio sinistro.

Gianni chiese una delle nipoti, e lasciando alla sorte il decidere, si attenne all'Irma. S'ebbe dapprima un rifiuto reciso e formale; ma egli non si scoraggiò punto, e seppe tanto pregare e promettere, che Roberto, Adele, moglie di lui, Lidia ed Irma acconsentirono. L'Irma andò a vivere con gli zii, e se pur era increscevole cosa per lei il pensar qualche volta che trovavasi dall'affetto e dalle cure della Madre, del Babbo e della sorella, trovò presso la sua nuova famiglia una pienezza ed una sincerità così viva e così completa di amore, da essere assai compensata.

Così passarono due anni. Irma giunse al suo ventiduesimo, mentre la Lidia toccava i venti.

Nella sua nuova dimora, l'Irma ispirò più d'una passione; ma il suo cuore restò muto. Sotto la corteccia della spensieratezza che esplicavasi in lei, era una brama ardente di forti emozioni e di pensieri alti e nobili. Come non era comune il concetto dell'amore che sognava, così era difficile trovare il tipo di uomo che incarnasse quel concetto e si mostrasse all'altezza delle idee della fanciulla. Qualcuno disse che la era troppo fredda. Non si pensava che i suoi rifiuti erano invece conseguenza logica dell'esser lei troppo ardente. Altri affermò che la era esigentissima e questi ebbe in parte ragione. Ella esigeva un uomo che sapesse amarla davvero; esigevalo quanto è dato a mortale; ma ciò ottenuto nessuna si sarebbe meglio di lei ridotta ad esser la schiava dell'uomo adorato.

Gianni era assai innanzi negli anni e così la Lisa. Le loro risorse erano divenute cospicue. Fu per ciò che Gianni decise smettere il solerte ed intelligente lavoro al quale doveva la sua posizione, per tornarsene nella città in cui vivevano i genitori e la sorella dell'Irma, e vivere per tal modo vicini gli uni agli altri.

Il giorno che Gianni fu in grado di stabilire il ritorno alla città natale, venne una notizia che recò a tutti gioia. La Lidia era stata promessa ad un giovane bravo, buono, simpatico e appartenente a famiglia onorevole. I due fidanzati si amavano con tutta l'anima e non vedean l'ora d'essere marito e moglie.

Che giorno fu quello in cui tutta la famiglia poté riunirsi! Sorrisi e lacrime, e vicenda infinita di carezze s'alternarono. Era un santo e puro affetto, che facea palpitare que' nobili cuori. Un'aura di felicità vera spirava intorno ad essi. Nella soavità de' loro sguardi; nel rapido succedersi di confidenze, di rimembranze e di speranze; nell'estasi beata di trovarsi tutti insieme e per sempre, era il carattere di una poesia che nessuna penna riuscirà mai a ritrarre.

La sera venne anche il fidanzato della Lidia e s'unì esso pure al gaudio comune, né gli dispiacque, per la prima volta, che altre preoccupazioni gli rubassero di molti cari momenti al suo amore.

Senza far tutta una famiglia, Gianni e Roberto abitarono sotto il medesimo tetto.

Non tardò l'uniformità della vita tranquilla e senza timori a sopraggiungere. Si ripresero le antiche abitudini. Le due sorelle si divisero le attribuzioni nelle cure della famiglia. Esse amavansi come prima, forse più di prima. Esse avrebbero voluto donarsi vicendevolmente quella confidenza illimitata e cordiale d'altri tempi. Ma ciò non poterono fare. Si accorsero, o per meglio dire, presentirono che un cambiamento era fra loro avvenuto o stava per avvenire.

Forse il riserbo, nato così stranamente, veniva dagl'intimi pensieri che ispirava nella Lidia il suo amore? In fondo al cuore aveva ella qualche secreto per la sorella? Non è a credersi. Pienamente soddisfatto e felice, l'amore della Lidia aveva bisogno di espandersi e di mostrarsi alla gente. Come non vi era in quel sentimento nulla che ne bruttasse la smagliante candidezza, così Lidia provava un piacere grande a riversare nel cuore dell'Irma la piena del suo amore, e di questo a dirle tutta la poesia incantatrice.

Il riserbo veniva dall'Irma. Essa era che evitava ogni confidenza su questo argomento. Dapprima confessò appena a sé stessa che ciò le recava dispiacere; poi il dispiacere sentì crescersi in seno, e dové mostrarlo. Lidia fu mortificata di molto, quando un dì la sorella le disse:

— Auguro un bene infinito a te ed al tuo Giorgio. La vita trascorra per voi serena, ed ogni desiderio vostro appaghi Iddio, per rendervi pienamente felici. Ma, te ne prego, non mi tener più di questi discorsi. Essi mi fanno invidiare un bene che non ho, e potrebbero recarmi disgrazia, se affascinata dall'orizzonte che tu mi presenti, accettassi alla cieca un uomo che non mi sapesse amare.

Che mai diceva e pensava l'Irma? Era proprio vera la causa apparente del suo desiderio che non le si parlasse d'amore? Se no, qual altro sentimento agitavasi in lei?

III

Una sera tutta la famiglia era riunita nel salotto di conversazione in casa di Roberto. I genitori delle fanciulle, Gianni e la Lisa erano impegnatissimi in un colloquio che non poteva punto interessare agli altri tre. Lidia e Giorgio, l'amante suo, sedevano di molto accosto l'uno all'altra, sfogliando de' giornali illustrati. Irma, quasi nascosta nella penombra del paralume, sedeva sola e silenziosa osservando il quadro.

Era una di quelle sere d'autunno che sembrano l'avanguardia dell'inverno. Al di fuori sibilava un vento impetuoso che scuoteva le imposte. Arieggiava nell'atmosfera quell'arcana influenza di oppressione che predispone a fantasticare. I due amanti sfogliavano de' giornali illustrati; ma nessuno potrebbe affermare che la loro attenzione fosse attratta dalle belle incisioni del Dorè, del Dumont, del Morin e di altri egregi, che passavano loro sott'occhio. Povero genio e povera pazienza dell'arte! Voi non foste così mal compresi mai!

Lidia e Giorgio scambiavano poche e tronche parole, pronunciate a bassa voce. Ma i loro sguardi ed il vago sorriso che errava sulle loro labbra dicevano tanto! Nella soave felicità di amarsi l'un l'altro, di respirare e palpitare insieme così, essi sognavano forse le maggiori beatitudini di un prossimo avvenire, allorché, senza testimoni, avrebbero potuto dar sfogo completo alla esuberanza del loro amore, colmandosi a vicenda di carezze.

Irma guardava e vedeva. Nel fuoco del suo sguardo era una strana espressione. Quel fuoco parea volesse divorarsi avidamente la felicità della sorella e di Giorgio. Doveva essere nella fanciulla, così preoccupata, una dolcezza infinita, ed un tormento amarissimo.

Il cuore di lei palpitava celermente e la ne provava una pena intima ed acuta. Avrebbe voluto dare tutto ciò che possedeva per trovarsi lontana, ed un'attrazione magnetica la teneva inchiodata al suo posto, coll'occhio fiso nella Lidia e in Giorgio.

— Che è mai ciò che provo? — ella chiese a sé stessa. E la risposta la ricolmò d'orrore. Ella s'era detto per la prima volta che amava con tutta l'ebrezza l'amante di sua sorella!

Il rimorso, la vergogna le straziarono l'anima. Lo spavento di svelare tosto o tardi a qualcuno quelle sensazioni ch'ella sapeva bene essere una colpa, le andarono a sollevare dall'intime fibre un grido acutissimo.

Ma la voce non giunse fino alle labbra. Si spense in un sospiro penoso, ed Irma si abbandonò priva di sensi.

L'improvviso malore dell'Irma spaventò tutti gli altri. Le furono attorno colmandola di cure, e chiedendosi l'un l'altro qual potess'essere la causa del suo svenimento.

— È qualche giorno che la si sente male — disse Lidia —, ma è così chiusa in sé stessa, che non si può saper nulla da lei. Oh! di certo la deve avere qualche cosa che la preoccupa…

— E che mai? — chiese la madre — che mai?

Nessuno rispose.

Fu mandato pel medico. Una illustrazione della Scienza. Irma tornò in sé prima ch'egli giungesse e la si spaventò di molto quando apprese che stava per venire il dottore Bruni. Ella sapeva bene che a lui non avrebbe potuto nascondere lo stato vero dell'anima sua, e vide la necessità di architettare una menzogna, la prima in vita sua, perché il secreto de suo cuore restasse inviolato.

— Ma non è nulla — diceva —, fu uno svenimento, una debolezza passeggiera. Io non posso permettere che vi occupiate oltre di me. Desidero anzi si ritorni in salotto, e si riprendano i discorsi di prima.

Nessuno si lasciò convincere da lei, e non le fu neppur permesso di ridiscendere il letto ove l'avevano posta. Il dottor Bruni non tardò a venire.

Trovò egli la fanciulla calma, in apparenza, e sorridente. La famiglia tutta, ad eccezione di una lieve preoccupazione che stava nell'animo della madre dell'Irma, cominciava a credere si trattasse davvero di cosa da nulla, e Bruni fu per un istante della stessa opinione, ma bastò che la sua mano si posasse sulla fronte e sul cuore dell'ammalata, bastò che le sue dita interrogassero appena il polso di lei, per convincersi tosto del contrario. Fece poche e brevi interrogazioni su circostanze che pareano insignificanti, ed un osservatore pratico si sarebbe accorto che un lieve aggrottar di sopracciglia dimostrava che il dottore non riteneva poi il caso così lieve.

Chiese di restare alcuni minuti solo colla fanciulla.

Quello che l'Irma aveva sospettato si avverò. Appena tutti i membri della famiglia furono usciti, il medico disse:

— Fanciulla mia, abbiate confidenza in me. Nel vostro intimo non è la calma; ma una lotta dura da qualche tempo. Questa lotta, che si fa più aspra perché voi la tenete secreta. Questa profonda malattia morale che addolora l'anima vostra, comincia ora ad avere un contraccolpo sul vostro organismo. A me non piace ingannare i miei ammalati, e vi dico per ciò che se voi non cercherete un sollievo al dolore che vi brucia in seno, confidandolo ad un amico che vi possa esser largo di consigli e di aiuti, sarete molto infelice, moralmente e fisicamente.

Una lacrima ardente solcò le guancie dell'Irma. Non rispose che con un sospiro ed un triste sorriso.

— Ho indovinato, fanciulla mia — disse Bruni ammiccando un'aria di trionfo. — Ciò è molto. Cerchiamo dunque il confidente in vostra madre.

— No, no! — esclamò Irma con una voce di orrore. — Ciò è impossibile.

Il dottore guardò fiso l'Irma, come se avesse voluto penetrare con quello sguardo fino in fondo all'anima sua. Ma non fece motto. Fuvvi un istante di pausa.

— Ebbene — riprese Bruni finalmente, — perché non potrò io stesso essere l'amico vostro, il vostro confidente? Io non v'impongo ciò, e non ve ne prego neppure. Metto innanzi la questione. A voi il decidere.

— Ma se v'ingannaste? — chiese l'Irma. — Se il mio corpo solo fosse agitato e malato?

— No, fanciulla, no. Lo stato di eccitamento in cui trovansi le vostre membra, questa febbre che circola sotto la vostra epidermide, non sono di quelle malattie che si debbono ricercare in un elemento morboso introdottosi nella massa sanguigna, o in qualcun altro degli attributi della nostra macchina. Il pensiero e l'affetto, sovr'eccitati, comunicano al cervello ed al cuore, che sono la loro sede, tutta la loro agitazione. Il cervello, a sua volta, comunica una tale anormalità al sistema nervoso, il cuore al sistema sanguigno ed ecco come si produce la febbre puramente materiale che vi agita in questo momento. Ma una tal febbre, materiale, non è che l'esplicazione, se così posso chiamarla, di una più violenta febbre morale. Dirò di più, la malattia fisica non ha campo di prodursi se non molto tempo dacché si è sviluppata la malattia morale... Ma perdonate. Io vi parlo un linguaggio che vi deve riuscir noioso, e lo tronco senz'altro. Che decidete?

— Vi dirò tutto, o signore — disse Irma stendendo al dottore la sua mano ardente.

L'Irma si posò la mano sulla fronte. Parve stesse raccogliendo più lontana memoria.

Bruni attese pazientemente.

— Ben diceste — cominciò la fanciulla —. Una lotta è in me, e dura da qualche tempo. Credo però di subirne oggi la crisi e dopo questa io spero la pace.

— Forse — mormorò il dottore a fior di labbra.

— D'altronde, voglio e debbo volere che ciò sia — proseguì l'Irma con vibrato accento. — Io non ho diritto che altri soffra delle mie sofferenze, e se nel mio intimo non tornasse la tranquillità, esse sarebbero lunghe e crudeli... Forse irreparabili.

— Incoraggio in voi questa forza di volontà — disse Bruni. — qualche volta è incredibile come la forza della volontà influisca potentemente anche sopra delle malattie fisiche. Quando poi la malattia è esclusivamente morale, allora non v'è medico migliore della volontà a sanarla, e questo medico opera veri miracoli.

Una speranza balenò sul volto dell'Irma. Fissò il dottore con animazione e gli chiese:

— Ma se la forza della volontà opera miracoli, è poi ella infallibile?

— Infallibile?... — ripeté il dottore. E restò interdetto. — No — disse poi, — io non so mentire in nulla e tanto meno in questi argomenti. No, la forza della volontà non è infallibile. Molte volte non basta.

Tutto ciò che di speranza era nell'Irma, disparve. Ora non le restava che troncare al più presto quel discorso. Doveva dire un perché al Bruni della sua agitazione, e vi si accinse con meno parole che potesse, pronunciandole con febbrile prestezza.

— Dove io era prima di tornar qui, ho amato, ecco tutto. Con quale entusiasmo, con quanto ardore abbia amato, voi lo vedete... Egli non seppe il mio amore, né se ne accorse, o non se ne volle accorgere. Ora è marito e fra poco sarà padre. Non ho altro a confidarvi, o signore.

Il dottore stette soprapensiero, lo sguardo atterrato e fisso, le sopracciglia fortemente corrugate.
Un lontano dubbio gli sorse su ciò che l'Irma aveva narrato. Questa eterna storia dell'amore è troppo vecchia e trita perché non si potesse assai facilmente portarla a pretesto di altre passioni che agitano il cuore. Ed anche vera, se ne potevano benissimo cambiare le circostanze e i luoghi.

Ma un tal dubbio fu rapido, e Bruni se ne trovò come preso da un rimorso. Egli conosceva assai bene la famiglia dell'Irma e l'Irma stessa. Un dubbio che si ponesse sulla sincerità della fanciulla era una colpa, perché non era possibile che l'Irma non fosse sincera.

Lo sguardo del dottore tornò sereno e lo fece più limpido il raggio della fidanza.

— Ora vi dico: fanciulla mia, sperate! — diss'egli — Ora son quasi sicuro che se voi saprete volere, vincerete, e la forza della volontà sarà questa volta infallibile.

L'Irma guardò Bruni in atto di stupore.

— Il tempo — proseguiva egli — il tempo e la lontananza concorreranno potentemente all'opera. Se voi foste tutt'ora vicina e doveste vedere ogni giorno colui che amate, allora, forse, sarebbe inutile ogni sforzo diretto a sopire il combattimento che fosse nel vostro intimo; ma lontana da lui, senza probabilità, io spero, di riavvicinarvi a lui, almeno pel momento, la rimembranza sua vi si attutirà ogni giorno nel cuore e nel pensiero. Non ciò senza sforzo, bene inteso; ma accingetevi pure ad uno sforzo. Esso non è superiore a voi.

Così Bruni parlava, credendo in buona fede di aver trovato per la malattia dell'Irma un rimedio. Egli non si accorgeva che ogni sua parola apriva una piaga novella nel cuore della giovanetta. La coscienza dell'irrimediabilità del male, date le circostanze in cui si trovava, aggravava la condizione dell'Irma. Era una delle poche volte in cui la lunga esperienza e la filosofia del dottore mancavano al loro scopo, e questo non raggiungimento di meta, produceva grande svantaggio.

Il colloquio ebbe fine.

La famiglia era in un salotto vicino ad attendere che il dottore uscisse dalla camera della malata. Parve strano dapprima il desiderio dell'uomo della scienza, di star solo coll'Irma; ma crudeli sospetti si sollevarono poi, specialmente nel cuore dei più vecchi. Con che ansia attendessero, non è a dirsi. Quando Bruni si presentò all'uscio, trassero tutti un sospiro profondo, come fossero stati liberati da un peso che loro gravava lo stomaco.

Bruni, dal momento che aveva chiesto di star solo coll'Irma, non poteva fare a meno d'indovinare i timori e i sospetti che ciò avrebbe destato. Sentiva quindi il dovere di distruggerli così improvvisamente come li aveva fatti nascere. S'accinse all'opera e seppe trovar parole adattate. Non nascose alla madre dell'Irma, che questa aveva in cuore una pena secreta; ma soggiunse che non sarebbe stato ben fatto l'entrarne in discorso colla fanciulla. Fece conoscere infine la necessità di procurare all'Irma ogni distrazione, ogni svago possibile.

Forse in cuor suo il dottore deplorò l'amore e il prossimo maritaggio della Lidia e di Giorgio. Il vivere a contatto di quella pura e illimitata felicità, poteva esser per l'Irma un costante rammarico, come poteva essere per lei un dolore profondo ed acutissimo il confrontare la pienezza d'affetto che beava la sorella, col vuoto e col disinganno che erano in se stessa.

Ma su ciò Bruni non disse verbo. Era campo troppo scabroso cotesto. Egli non poteva fare l'infelicità di due creature, per ridare ad un'altra la tranquillità. D'altronde, egli non poteva dissimularsi che il tentar di troncar l'amore fra Giorgio e Lidia, era cosa impossibile e sconveniente. L'allontanar il dì degli sponsali non sarebbe stato per nulla efficace e serio partito, e ciò avrebbe valso soltanto a far nascere fra le due sorelle un senso d'urto che poteva avere qualche cosa di pericoloso.

L'indomani l'Irma si levò e parve tranquillissima. Sorrise di molto colla sorella. Parve tutta occupata a cercare ogni pretesto per dimostrarle il suo affetto. Nessuno notò mai che dalla bocca della fanciulla, non uscì in tutta la giornata il nome di Giorgio e neppure la minima allusione a cose che a lui si riferissero.

In sul tramonto, pochi minuti prima dell'ora in cui il fidanzato, per solito, giungeva, le due sorelle stavano assieme ad una finestra che prospettava la campagna. Lontan lontano era la villa ove, nell'agosto, tutta la famiglia andava ad abitare. Il sole baciava col suo raggio rossigno quella scena incantevole.

Lidia aveva avuto tante prove di tenerezza dall'Irma, lungo la giornata, che ritenne non le sarebbe riuscito sgradevole udire in quella sera una confidenza. Poi l'ora, la speranza, l'amore, quell'aura di poesia che arieggiava intorno, resero anche meno prudente l'innamorata.

— Laggiù — disse — in quella solitudine, in mezzo a quella pace profonda, io vo' gustare i primi giorni di felicità, quando sarò la moglie di Giorgio. Nessuno e nessuna cura, nessuna preoccupazione hanno a sturbarci. Noi diremo al mondo: Non c'importa punto di te, a te non deve importare punto di noi. Dimenticaci per un istante almeno. E tu, Irma, quando avrai marito, vorrai far così? Sarà questo il tuo sogno?

Irma non rispose e si ritirò. Sola nella sua camera versò di molte e amarissime lacrime, e la disse pure a sé stessa che la vita è un crudele inferno davvero.

E nella povera incompresa cominciavano appena le prime avvisaglie della guerra atroce che si doveva combattere! S'ella avesse potuto prevedere una parte solo delle battaglie che le restavano e della entità loro, quanto, oh! quanto la si sarebbe spaventata!

Il giorno degli sponsali si avvicinava a gran passi. Ne erano già cominciati i lunghi preparativi.

Dello svenimento dell'Irma e della visita del dottor Bruni, che ne fu la conseguenza, nessuno quasi rammentavasi. A che rammentare una sera d'inquietudine e di apprensione, se la non aveva avuto conseguenze di sorta, e se tutto adduceva a credere infondati i sospetti alimentati in quell'occasione?

Infatti, l'Irma non era mai più caduta in debolezza e in svenimenti. Ora una tranquillità inalterata stava su tutta lei, che pareva gustare con voluttà e con ebrezza la sovrabbondanza de' piaceri che, per distrarla e per seguire i consigli di Bruni, le si procuravano.

Le abitudini ed il carattere della fanciulla subirono un cambiamento. Anche nel suo organismo un cambiamento operossi forse meno notato, perché più lento e saputo assai bene tener nascosto.

Irma non occupavasi quasi più che de' proprii abbigliamenti. Una civetta emerita, una donna galante non vi avrebbe data metà dell'importanza ch'essa vi dava. Aveva empita la casa di giornali di mode. Li confrontava, discuteva, e s'ingolfava calorosamente in queste discussioni che altra volta l'avrebbero fatta rider di molto. Pareva assorbita tutta quanta nelle cure di farsi la più bella fra le fanciulle della città, e bisogna pur dire che superò nella realtà ogni più ardita speranza.

Ma lo scopo a cui pareva dovesse esser diretta quella mania rimarchevole di abbellirsi, mancava affatto. I numerosi colpiti da tanta grazia, da tanto brio, non osavano avanzare una parola che avesse l'aria di precedere intime dichiarazioni e giuramenti d'amore. Si presentiva, si vedeva bene che l'Irma di ciò non volea saperne un bel nulla; e se alcuno fu incredulo, o più ardito, o più fidente nella propria eloquenza, non tardò ad essere disarmato, umiliato dalla glaciale accoglienza che gli venne fatta, e dal sarcasmo opprimente con cui fu rimandato.

Il sarcasmo. Ecco ciò che tinse la vita dell'Irma di un leggiero colore di misantropia. In altri tempi il suo spirito, esuberante, ma prodotto dalla felicità piena ed intiera e dalla inconsapevolezza di ogni passione e di ogni dolore, il suo spirito esuberante, faceva aleggiarle intorno un sorriso ed un gaudio senza fine. Ora la cosa era cambiata. L'Irma possedeva sempre la difficile arte di trovare il lato davvero risibile delle cose; ma con quale cambiamento! Dapprima era un riso color di rosa, ora era nero e presupponeva quasi sempre il male. L'Irma era, in una parola, divenuta pessimista e quasi scettica nel bene e nelle virtù. Povera fanciulla infelice! Tu non credevi forse alla verità di ciò che dicevi; ma chi ciò suggerivati era forse il desiderio di obliare nell'amarezza il tormento che ti stava nel cuore.

Dicemmo che anche le abitudini dell'Irma erano cambiate. Era divenuta ormai cosa inevitabile che ogni giorno ella se ne stesse soletta e chiusa nella propria camera per due ore e spesso per un tempo anche maggiore. Ciò che facesse, ciò che pensasse in quelle lunghe ore di solitudine nessuno seppe mai de' suoi. Quante lacrime versasse, quanti sospiri uscirono dal petto della desolata, nessuno vide od udì. Ella, come volle secreto l'affetto infelice del suo cuore, ne volle secreta anche la esplicazione. Volle fortemente ed ottenne; ma a qual prezzo!

VIII

Il timore di trovarsi un giorno o l'altro sola con Giorgio, moltiplicava le inquietudini dell'Irma. Giorgio ormai era in casa a qualunque ora del giorno. Per quanti sforzi la fanciulla facesse, non era possibile evitar lungamente un'intervista, della quale le circostanze tutte rendevano perenne la minaccia ed il pericolo.

E infatti Giorgio ed Irma si trovarono soli.

Il fidanzato della Lidia parea trattar l'Irma con molta freddezza. Certamente usava secolei di un riserbo che era lungi dall'usare con altri.

L'Irma aveva di ciò ringraziato Iddio, in sul principio della passione, parendole che la condotta di Giorgio le fosse una salvaguardia per l'avvenire. Ma cresciuto nel silenzio il sentimento che le straziava il cuore, ella s'ebbe un rincrudir d'amarezza in una tale condotta.

La povera fanciulla interpretava a suo modo il riserbo di Giorgio. Le parea di esser la sola della famiglia antipatica, e di molto, al fidanzato della Lidia. E così formandosi degli strani quadri, nel suo cervello malato, offrì al Signore quella nuova coppa di dolore in riscatto del suo peccato.

S'ella avesse saputo da che proveniva una tale condotta! Se avesse potuto sospettare come Giorgio soffriva a restar secolei nei termini di un cosiffatto trattamento.

Giorgio si sentì attratto verso l'Irma da una specie di affezione fraterna e vivissima. Egli, dal principio, aveva deciso entrare colla fanciulla in intima dimestichezza; e forse stava per muovere i primi passi che adducessero a tal meta, quando fu arrestato dalla condotta stessa dell'Irma.

Nulla che assomigliasse a spontanea confidenza, al caro abbandono dell'amicizia aveva Irma per Giorgio. Un aspetto freddo, contegnoso; un trattare dall'alto in basso strano, una politezza compassata e pesata oncia ad oncia, come dovesse celare un irresistibile senso di avversione; brevi gl'istanti, ed evitati colla massima cura, in cui l'Irma si trovasse ne' luoghi ove Giorgio pur era. Ecco quanto il fidanzato della Lidia lesse o credé leggere nel contegno della fanciulla, e fu tolto dal suo pensiero qualunque dubbio su di un possibile inganno, quando seppe di strani discorsi tenuti dall'Irma alla Lidia, e da questa, naturalmente, confidati al futuro sposo.

Tutto ciò riuscì a Giorgio assai doloroso: ma volle beversi in segreto quel dispiacere, temendo che il provocare troppo presto una qualche spiegazione, avrebbe forse aggravato il male. D'altronde, tosto o tardi, il momento opportuno non sarebbe mancato, ed il meglio era lasciarlo venire da per sé.

Ora, questo momento era venuto perché appunto Giorgio si trovò solo coll'Irma. Egli decise profittare della circostanza e di stabilire nettamente la sua posizione di fronte a quella strana fanciulla.

Sul di dietro della casa stendevasi un giardino, ove le due sorelle erano use andare a passeggiare ogni mattino. Giorgio sapendo di trovar la fidanzata in quel luogo, e ciò essendogli d'altra parte più comodo, girava il più delle volte dietro la casa dell'amante ed entrava da lei per la porta che metteva appunto nel giardino.

Un giorno la Lidia uscì di casa colla madre. L'Irma andò sola in giardino.

Passeggiò qualche tempo, cogliendo e sfogliando alcuni fiori. Poi parve stanca di ciò e sedette pensierosa in una panchina di pietra.

Stette così forse dieci minuti. Il suo spirito vagava nell'indefinibile. L'anima sua, forse, chiedeva pace o riposavasi stanca della lotta che sosteneva.

Ad un tratto l'Irma si scosse ed impallidì. La fu quasi per gettare un grido di spavento. Un passo ben noto si avvicinava.

Giorgio era entrato, e le stava da presso.

— Buon giorno, Irma — disse il giovane, non accorgendosi, o mostrando non accorgersi, dell'emozione della fanciulla. — Sapevo bene che voi o la Lidia sareste state qui. Speravo trovarvi ambedue. Lidia dov'è?

— È uscita — disse appena Irma, pronunciando a fior di labbra le parole.

Uno strano fuoco le circolava per tutte le vene. Le parole di Giorgio avevano acceso questo fuoco, e le avevano recato una pena infinita, che pur la fanciulla avrebbe con entusiasmo preferita ad un godimento ineffabile.

La si alzò; e senza mai guardar Giorgio soggiunse:

— Volete che entriamo ad attenderla, assieme alla zia?

— È uscita colla mamma? — chiese il giovane, quasi volesse eludere una risposta.

— Sì, colla mamma. Andiamo?

Irma si mosse. Giorgio la fermò più collo sguardo che colla voce.

— Permettete — diss'egli. — Ringrazio il caso d'averci fatti trovar qui soli. Ho a dirvi soltanto poche parole.

— A me? — disse l'Irma. E il suo volto diventò di brace. Ora ella non aveva più la esatta percezione di quanto avveniva intorno a lei. Sembrava di esser fatta giuoco di un sogno.

— A voi, sì — rispose Giorgio. — Ve ne prego. Ascoltatemi. Sarò breve.

— V'ascolto — mormorò l'Irma, e il suono della propria voce le sembrò straniero affatto.

— Ve ne ringrazio. Irma, debbo farvi una domanda alla quale, ne son sicuro, risponderete francamente e sinceramente. Irma, che ho io fatto per dispiacervi?

L'Irma fissò il suo sguardo sopra di Giorgio con una così strana espressione che al giovine balenò, per un istante, l'idea che la fanciulla fosse impazzata. La non rispose punto. Crollò la testa e mosse le labbra; ma la parola non le venne distinta.

Giorgio attese qualche secondo. Accorgendosi che la risposta non veniva, ripeté la domanda.

Irma, finalmente, fece uno sforzo eroico su sé stessa. Quasi disperando di farsi capire, riuscì per un istante a domare l'indicibile emozione di quel momento, e disse:

— Ma signore… io non vi capisco.

— Avrei bramato una diversa risposta. Ma non ho alcun diritto a lamentarmene. Dite di non capirmi? Ebbene, mi spiegherò chiaramente.

"Ma perché, o buon Dio, non mi togli da questo inferno? Oh! di certo faccio un sogno terribile! Nulla può esser di vero in quel che m'avviene, nulla nulla! Deh! Che io sia destata, che sia finalmente strappata ad un tormento superiore a me stessa!"

L'Irma fece in cuor suo una tale preghiera. La povera fanciulla era convinta che se una siffatta situazione durasse ancora pochi istanti, la sarebbe caduta morta a' piedi di Giorgio.

IX

Giorgio continuava:

— Quando eravate lontana e la Lidia mi parlava così sovente di voi, desiderai fin d'allora amarvi come una sorella. Un tale amore voi l'avevate già da me, perché amavo tutto ciò che amava la Lidia; ma sperai che mi avreste contraccambiato d'altrettanto affetto fraterno. Veniste. Nei primissimi giorni che seguirono il vostro ritorno, credetti che le mie speranze si fossero avverate; ma mi trattaste quindi con freddezza. Diceste a Lidia di non parlarvi mai del suo amore per me, o del mio per lei; in una parola: m'accorsi che nel vostro cuore era un senso di repulsione a mio riguardo. Volli sperare di essermi ingannato. Attesi ed osservai. Ahimè! Non feci che convincermi maggiormente che uno de' miei sogni più cari era stato, anche per me, infranto nel disinganno. Ciò m'addolora, ciò turba il nitido orizzonte dell'avvenire che mie ero formato. Quindi è che torno a chiedervi: che v'ho mai fatto, o Irma?

La fanciulla, di mano in mano che Giorgio parlava, parea immergersi nell'estasi di una voluttà ineffabile. Ora non era più traccia in lei dell'agitazione di prima. Pochi minuti erano bastati per distruggerla. Restava tutta la dolcezza che si prova raggiungendo la felicità.

Certo la non era calma, la poveretta. Febbre di gaudio la provava adesso; ma pur sempre febbre. Il delirio la trasportava a volo attraverso regioni di godimenti nuovi, ecco tutto. Restava lo svegliarsi.

Appena Giorgio ebbe finito, un sorriso le balenò sulle labbra. Uno di quei sorrisi di giovinetta che sono un eden nel deserto del cuore: uno di quei sorrisi d'angelo che non si dimenticano più una volta veduti.

Giorgio ed Irma erano restati in piedi.

— Sedete — disse l'Irma. — Ho anch'io qualcosa da dirvi.

Eravi tanta pace, tanta soavità in quella voce, che Giorgio guardò la fanciulla al massimo della sorpresa. Egli sedé come l'Irma aveva fatto prima di lui.

— Che direte — ella chiese, — se io v'apprendessi che quanto voi credeste riscontrare in me, io credetti riscontrare in voi?

— Che!, possibile! — esclamò Giorgio raggiante di un giubilo sincero.

— Ma sì, buon Dio!, possibilissimo, perché ciò è avvenuto. Voi non sapete quanta gioia mi abbiano colmata le vostre parole, distruggendo nell'anima mia un dubbio che l'attristava da lunghissimo tempo. Le mie parole, almeno lo spero, faranno un uguale effetto su voi. Grazie, o Giorgio, dell'aver provocata questa spiegazione. Ne avevamo bisogno...

L'Irma mentiva a Giorgio i suoi sentimenti; ella, che provava pena alla menoma bugia, che era stata educata ad un culto immacolato per la verità.

Non è a tentar neppure di renderci ragione di ciò che la fanciulla provava in quell'istante. Sono sentimenti che sfuggono a qualunque analisi. Quando essi penetrano nell'animo nostro, noi stessi non li sappiamo interrogare. La spiegazione che a noi sembra migliore si è ripetere che l'Irma delirava.

Ma torniamo ai due giovani. Le parole ch'essi scambieranno, ci daranno forse maggior luce nel pelago in che ci siamo addentrati.
Giorgio aveva interrotta l'Irma così:

— Grazie a te, sorella mia! Ora sono davvero felice e nulla ho a chieder più a nessuno. Se tornasse Lidia! Noi le diremmo tutto, non è vero?

— Sì — disse l'Irma, — tutto ciò che volete.

— Ma non ti figuri l'avvenire tu? Non presentisci adunque le sue dolcezze?

— Oh sì! — e ciò dicendo l'Irma era come circondata da un'aureola di entusiasmo da non si poter descrivere: — oh sì! Vivremo insieme, ci ameremo vicendevolmente e la vita sarà per noi un paradiso sulla terra. L'estate noi ci ritireremo in campagna e siederemo lunghe ore in un posto romito ove sia frescura, ombra e silenzio. Di là udremo indistinti i rumori del mondo, e ci dimenticheremo affatto la gente che s'agita sulla terra, inconsapevole della vera felicità. Leggeremo o parleremo; ma i nostri discorsi, le nostre letture debbono esser alimento alla pienezza d'affetti che sarà in noi... Nelle notti tranquille e pure, faremo lunghe passeggiate ne' luoghi ove all'intorno si possa dominare tutto quanto occhio umano raggiunge. Fisseremo il nostro sguardo negli spazii senza confini, nelle macchie biancastre che segnano città e villaggi, illuminati dal pallido chiaror della luna che invita a pensare. E il nostro pensiero errerà e proveremo voluttà ineffabili!... Nell'inverno torneremo fra il mondo, ci rideremo di lui. I suoi tipi, i caratteri degli uomini e delle donne che vi si aggirano saranno la distrazione del nostro spirito. Vi sarà un po' di compassione, in ciò, poiché ci sentiremo assai superiori a tutta questa gente; ma tanto meglio! La coscienza della nostra superiorità ci darà mezzi maggiori a dominare nelle sale. Dolce dominazione, che ha suoi cortigiani il sorriso, la bellezza, lo splendore... Oh! Giorgio, Giorgio, quale felicità suprema!...

— Tu sarai il più caro genio di questo paradiso che l'avvenire ci promette — disse Giorgio, trasportato dall'entusiasmo di quell'anima ardente ed impetuosa. — Il tuo spirito, la tua grazia, moltiplicheranno i gaudii della nostra vita. Lidia ed io saremo per te il complemento di ogni felicità, come tu lo sarai per noi. Tu brillerai ed ogni tuo trionfo sarà nostro perché noi concorreremo a farlo gigante... E quando Lidia m'avrà dato un figlio, e tu avrai trovato l'uomo che sia degno di ricevere la grazia del tuo amore, qualche volta verrai, non è vero?, a vederci riversare sul nostro bambino la pienezza d'affetti di cui oggi tu ci ricolmi. Ogni giorno che ciò avverrà, sarà una festa per noi; ogni... Irma! Irma!, che avete voi dunque?

Le ultime parole pronunciate da Giorgio erano impresse di una tal aria di spavento che è necessario ricercarne la causa.

Irma era restata quasi oppressa dalla pienezza della sua felicità. Le prime parole di Giorgio sembravano aver accresciuto, se era possibile, la beatitudine sua; ma un brusco cambiamento, il secondo di quel colloquio, non tardò a sopraggiungere in lei quando Giorgio alluse alla Lidia; e fu quasi con disperazione che la fanciulla udì le parole che riguardavano il futuro bambino che Giorgio attendevasi dall'amata.

Ora è chiaro che delirasse davvero. La s'era illusa che Giorgio conoscesse il suo amore e che la riamasse, e ch'ella stessa avesse ad essere moglie. Era uno slancio dell'anima verso i mondi dei sogni; era una goccia di rugiada nel fuoco che la consumava; era un sorriso di consolazione dopo tanto soffrire. Ma quel momento fu ben fuggevole!

All'animazione di tutta la sua persona era succeduto un pallore, un'immobilità che dava l'idea di una statua che rappresentasse la disperazione; al sorriso era succeduto uno sguardo vitreo, senza espressione, ed una contrazione così amara di ogni lineamento che era un dolore il vederla...

A tanto strazio la fanciulla non resse. Quando Giorgio s'interruppe lo fece nell'accorgersi che la poverina stava per cadere riversa e senza sensi.

Egli si precipitò su di lei e la sostenne. Quel tocco fece sulla fanciulla lo stesso effetto di un ferro rovente che si soprappone ad una piaga. S'alzò di scatto retrocedendo atterrita e gridando:

— Non mi toccate! Non mi toccate!...

Volle fuggire; ma un sùbito pensiero l'assalse. Rivolse a Giorgio uno sguardo in cui era dipinto tutto il tormento della disperazione. Giunse le belle mani in atto supplichevole, quasi si pose ginocchioni di fronte a colui ch'ella tanto amava e, con sommessa ma vibratissima voce, supplicò:

— Oh! ve ne scongiuro! Non una parola; neppure un sospiro di quanto avvenne fra noi! Ignorate di avermi veduta, o siamo tutti perduti!...

Poi s'involò.
Giorgio aveva tutto compreso.

X

Fin troppo.

Il secreto del suo cuore le era sfuggito. Ora sarebbe stata per lei una colpa restare fantasma inesorabile, a turbar la pace e la felicità di due amati. Non dette un grido, non versò una lacrima. Quando varcò la soglia della casa, una strana calma era in lei. Restava solo una cupa indecisione. Gli è che la non aveva ancora deciso definitivamente qual mezzo adottare per togliersi all'insopportabile inferno che la straziava.

Ella conosceva troppo Giorgio per dubitare un istante che il giovane non appagasse la sua preghiera di non dir nulla ad anima viva della scena avvenuta. Da questo lato era tranquillissima. Però grandi paure le agitavano il cuore sulla condotta che Giorgio avrebbe tenuta in avvenire.

"La sciagurata che fui!" pensava. "Qualunque cosa io faccia egli ne saprà ora il perché. Che io fugga o che una febbre mi tolga alla vita, o che da me stessa mi procuri l'amica pace del sepolcro, sa che questa è la conseguenza dell'amore che io gli ho portato. Amore, o indifferenza, o avversione inspiri in lui ciò che mi attende, col mio atto vigliacco, colla mia debolezza, ho provocato una lunga vicenda di mali anche per l'epoca in cui non sarò più qui... Che il mio sacrificio almeno valga a lavar la mia colpa; e che almeno la Lidia non sappia mai quello che Giorgio sa. Io non chiedo altro."

Per tutto il giorno non si ritirò più sola. Un osservatore avrebbe forse riscontrata della agitazione nella sua allegria e nel desiderio di distrarsi e di ridere assieme agli altri, che mostrò costantemente; ma nessuno della famiglia fece la parte dell'osservatore.

Giorgio era restato interdetto, ed un quasi spavento lo assalse quando s'accorse davvero di che si trattava. Il sapersi amato da una giovinetta così bella e così appassionata come l'Irma, era tal cosa da impressionare ben altri che lui, se si pensa che per un istante gli si illuminò di luce chiarissima tutto il passato, e trovò la spiegazione di enigmi che fino allora gli erano rimasti inestricabili.

Se noi dovessimo o potessimo studiare un istante l'intimo di questo giovane combattuto da un amore felice e ricambiato, anzi presso ad ottenere la meta, ed un altro amore infelice, secreto e fino allora ignorato, avremmo di che studiare assai la natura umana, le sue frequenti contradizioni, e le inconseguenze dell'anima che cede alla minima emozione. Ma noi non possiamo fermarci su ciò. Siamo prossimi al fine, ed ogni riflesso, ogni premura ci spinge a raggiungerlo con meno parole che ci sia dato di usare.

Dalla conoscenza dell'amore dell'Irma, e da un lieve interrogare del proprio intimo, Giorgio si accorse che un grave pericolo minacciava la felicità e l'avvenire di tutti, non solo; ma il suo onore pur anche, se non si affrettava l'epoca del matrimonio. Giorgio non si dissimulò che un tal fatto poteva rendere più atroci le pene dell'Irma; ma questa era una necessità, e senza punto indugiare, decise di cominciare sin da quella stessa mattina a sollecitare il dì delle nozze, senza tener conto dell'epoca prestabilita.

Fu dalla fidanzata per un tempo assai minore di quello che non fosse solito consacrarle. Uscito, rientrò subito nella propria abitazione e scrisse una lunga lettera ad un parente lontano. La risposta a quella lettera, egli almeno lo sperava, doveva recare una conclusione a tutti gli avvenimenti che si succedevano.

Nella sera una febbre violenta scuoteva tutte le fibre dell'Irma. La fanciulla però non dette punto a vedere i suoi patimenti, e la si ritirò per l'ultima nella sua cameretta. Là giunta l'espressione di calma che le era restata tutto il giorno sulla faccia come maschera di ferro, cambiò ad un tratto in quel sorriso amaro, in quello sguardo truce ed impietrito che soltanto la disperazione può dare. La povera fanciulla si conficcò le unghie nel seno, ed avrebbe voluto strapparsi e fare a brani quel perfido cuore che tanto la faceva soffrire. Le sembrava aver piombo fuso nelle viscere, e chiedeva a Dio con ogni sua forza che almeno non la facesse impazzire, né permettesse che nel delirio tutta svelasse la sua rea passione.

Gli è strano come il caso, che talvolta attraversa ogni disegno, tal altra sappia favorire i progetti che facciamo, al di là di qualunque più ardita speranza. Giorgio aveva scritto ad un parente, uomo dedito agli affari, che per lui era una necessità indeclinabile sposar tosto la Lidia ed allontanarsi poi subito dalla famiglia della futura. Perché il congiunto fosse egli stesso giudice della verità delle sue parole, il giovine avevagli confidato il secreto degli avvenimenti succedutisi. "Trova qualunque pretesto" scriveva Giorgio " pur che questo giustifichi il mio desiderio di uscir senza indugio da una situazione che mi si è resa insopportabile".

Orbene, non passarono due giorni, che Giorgio s'ebbe la risposta seguente.

" Carissimo,

ero per scriverti ciò che segue, allorché ricevetti l'ultima tua. La proposta che io ti dovevo fare, e che ti faccio, combina meravigliosamente col tuo desiderio. Paoli, questo ricco e onesto industriante che tu conosci sì bene, ha bisogno di un socio per la sua casa di Nuova York. Egli pose gli occhi su te e m'incarica di farti la proposta di partire.

L'affare è sicuro, con Paoli tu faresti in pochi anni la tua fortuna.

Se tu accettassi in massima, ti sarebbe verbalmente spiegato il genere di affari ai quali dovresti impiegare il tuo ingegno e la tua buona volontà. Poi, tutto combinato, resteresti qualche tempo alla capitale presso Paoli a prendere esatta cognizione de' tuoi doveri, e fra un paio di mesi partiresti per l'America..."

Giorgio ritenne fortuna insperata una tal lettera ed una tale proposta. Prese subito più ampie informazioni, e comunicatele alla famiglia della fidanzata, ognuno dovette riconoscere che sarebbe stato un insultar la fortuna non accettando l'impiego che a Giorgio si offriva. Fu dunque deciso che il matrimonio sarebbe succeduto senz'altri indugi, e che gli sposi sarebbero andati a passare la loro luna di miele alla capitale.

Una sola persona della famiglia si tenne perfettamente estranea a tutto questo agitarsi, a tutto questo prepararsi. Giorgio solo comprendeva tale riserbo, che agli altri sembrava strano oltremodo, e quando gli era dato vedere l'Irma, così chiusa, così pallida, così sofferente sotto il sorriso a cui sforzava le sue labbra ad atteggiarsi, sentiva tal pena e quasi tale rimorso, che amareggiava grandemente le dolcezze de' suoi sogni.

Nell'animo dell'Irma era succeduta una nuova rivoluzione. Nulla restava in lei delle passate disperazioni, de' passati dolori. Una mestizia tranquilla, come la mestizia di chi ha molto sofferto, ma di chi guarda con occhio sicuro l'avvenire, di chi sa cosa attendersi da lui, infine, di chi è certo raggiungere una meta desiderata, aleggiava il leggiadrissimo volto, divenuto, se è possibile, mille volte più bello di quel che non fosse dapprima. Eppure, un costante dimagrire ne guastava ogni giorno di più l'ovale perfetto. Lo sguardo, l'atto, la voce, ogni contorno della fanciulla, riflettevano tale mestizia, tale tranquillità, tale sicurezza. L'Irma non paventava più nulla. Essa attendeva.

Perché il suo stato di esaltazione fosse cessato così di subito, era necessario che qualche cosa di nuovo, di strano, avesse dato, per così dire, un diverso indirizzo ad ogni affetto e ad ogni pensiero della fanciulla. Infatti, erale avvenuto qualche cosa, che per tutti era restato un secreto inviolato. L'Irma si era accorta che la coppa del suo dolore era piena e traboccava, e che, debole fanciulla, ella aveva cessato di lottare e di soffrire.

Dopo due notti d'inferno, dopo lunghe ore di smanie crudeli, L'Irma s'era sentita debole, affranta, così nel fisico, come nel morale. Una sete ardente le bruciava le viscere; il sangue le scorrea per le vene impetuoso quasi flagellando, col violento affluire, le sue membra. La testa della povera martire era così pesante, così pesante che nulla più, e parea che un cerchio di ferro la tormentasse con strette atroci. Infine, dal petto affannoso si sollevò un gorgoglio di sangue, e questo uscì in copia dalla sua bocca. Fra gli strazii di quell'istante spaventevole, tra i fremiti della sua febbre, fra i suoi dolori, sotto il gelido sudore della malattia mortale che aveva attaccato la fanciulla, un sorriso di riconoscenza errò sulle tremule labbra di lei. Dio, mandandole il male, le portava una consolazione… le risparmiava forse un delitto. Ora non le restava più che attendere per morire!… È così dolce la morte per le anime che hanno tanto lottato e tanto sofferto!… Nulla ci fa rimpiangere una vita che non presenta che amarezze, e se pur ripensiamo con rincrescimento ai bei sogni perduti di tempi più felici, noi non vi troviamo che l'ingannevole nube d'illusioni che ci hanno reso più amaro il presente.

D'altronde il morir giovani, vittima di una guerra che noi combattemmo con nobile intendimento, con abnegazione, sacrificando tutto, perché dalla nostra parte non si mescolasse nulla di colpevole e di vizioso, morire rimpianti da qualcuno, è pur dolce cosa, che racchiude in sé un incanto arcano. Si sa che i superstiti narreranno di noi e che un sospiro non ci mancherà mai.

Questi pensieri, forse sogni ed illusioni di mente malata essi pure, erano quelli che davano all'Irma tranquillità, e che le facevano affrontare coraggiosamente l'ultima prova che le restasse.

Una tale prova non si fece attendere.

XII.

Un modesto corteggio traversa le strade della città. Due giovani si sono uniti, e ritornano alla casa paterna, marito e moglie da fidanzati che erano. Sui loro volti erra un sorriso che non si descrive. I loro cuori palpitano arcanamente, e le anime loro si sentono sollevate in estasi nelle eteree regioni.

Ma questa felicità non è completa. Vi si mescola anzi l'espressione di un intimo dolore, che sta in tutti coloro che attorniano gli sposi. Gli è che questi hanno ancora pochi istanti da star coi parenti, e poi se ne andranno, forse per non tornare mai più. Lo sposo è il più preoccupato... Gli è che egli si figura i tormenti che in quell'istante straziano di certo una pover anima che sorride alla sua felicità e se ne congratula.

Giunse anche l'ora della partenza. Si sparsero lacrime molte. Poi furono scambiati lunghi baci d'addio.

Quando all'Irma toccò abbracciare e baciar Giorgio, i due giovani sentirono scuotersi ogni fibra, e parve loro d'essere trasportati frammezzo ad una vampa abbagliante. Giorgio credé di divenir folle in quell'amplesso. Irma credé di morire. Scorsero due o tre secondi; ma essi furono ricolmi pei due giovani di un delirio di voluttà...

Dopo il bacio dato e ricevuto Irma si sentì tutta rinnovellata. Essa non apparteneva più a questo mondo. I parenti, la famiglia, nessuno era più nulla per lei. Le sembrava che il mondo intiero fosse sparito, e le toccava fare uno sforzo di raziocinio per convincersi che l'anima sua non si era ancor liberata dall'involucro della materia.

Grida di spavento indicarono sulla sera che l'Irma gettava nuovamente a rivi il sangue dalla bocca. Ma ella era felice come non fu mai nel sentirsi ad ogni istante diminuire il filo di vita che ancor l'avvinghiava alla terra, e sorridea con tanta calma, come se la pienezza della salute stesse in lei.

Ogni rimedio fu vano. Sei giorni dopo l'Irma chiese alla madre, che vegliava al suo letto, di rivedere il sole, e di respirare un istante l'aria pura del di fuori.

Un largo sprezzo di luce penetrò nella stanza, ed una lieve auretta recò mille fragranze. L'Irma fissò estatica l'orizzonte e respirò voluttuosamente.

Poi un nome errò sulle labbra di lei. Una lacrima le irrigò lentamente le gote e l'occhio restò fisso nello spazio; ma senza sguardo... L'anima della nobile martire era forse volata negli spazii sconfinati ed era andata a portare ad altri mondi il tesoro de' suoi affetti.

Oh! quante lacrime si spargono ancora sulla tomba della povera Irma morta d'amore!...

RIMEMBRANZE D'ESTATE

Agosto volge al suo termine. S'addensa sulle montagne del Nord una nube bruna, pesante, minacciosa, nel cui seno è un cupo brontolio di voci arcane. Ferve là dentro una battaglia elettrica, che guizza in lampeggiamenti capricciosi, dapprima insensibili e poi sempre più fiammeggianti e visibili.

Gli elementi del fulmine stanno aggruppandosi, condensandosi. Una strana calma apparisce alle superfici; più che calma, una oppressione indefinibile. Ma non è chi non indovini che sta nascosta un'agitazione magnetica sotto il ristagno apparente delle forze e delle facoltà naturali. Anzi, quest'agitazione la si sente, la si prova, schioppetta incessante nelle intime fibre degli animali e delle case.

Un buffo di vento traversa l'aere, leggiero come ala di genio della notte. La nube si distende, cortina infinita, sul nostro capo, e serrasi da ogni lato dell'orizzonte. Il sole si adombra, acquista quasi una melanconica luce d'addio, poi sparisce e seguono ombreggiamenti singolari.

Il vento, allora, infuria; la tempesta si approssima. Rumoreggia il tuono imponente e scoppia, rotolando formidabile negli spazi del cielo. Cade una goccia... due, tre. Un torrente si precipita sulla terra rabbioso, fischiante, mostro sinistro che atterra e soffoca ed uccide, travolgendo tutto ciò che gli s'oppone. Scroscia la folgore con luce sanguigna, e passa, e passando spezza, demolisce ed abrucia...

Assordati da tutti questi umori, or simili a ruggir di leone, ora quasi gemiti di agonizzanti, talvolta uguali al rovinare di un edificio, o allo spumoso rimbalzare d'immensa cascata; abbagliati dagli innumerevoli avvicendamenti, rapidi come il pensiero, di tenebrie profonde e di luci vivissime, noi ci sentiamo presi da sgomento e paura. La testa confusa, ogni facoltà dell'anima in agitazione, incapaci di attendere colla fredda calma del raziocinio il fine di uno spettacolo così tremendamente bello, se noi siamo credenti ci rivolgiamo al Signore con fede ineffabile perché ci allontani da disgrazie. Ché se l'alito del materialismo ci toccò, il nostro sgomento non è minore. Gli è che non ignoriamo quali potrebbero essere le conseguenze di tanta rabbia di elementi. Alla fin fine, essi sono scatenati a' danni di questo miserabile e debole organamento di forze fisiche, appellato l'Uomo, che si crede sovente il più nobile ed il più potente prodotto del moto universale.

Ma tanta agitazione non dura di molto. La segue da vicino una monotona violenza di pioggia. Indi spirano i primi venticelli di tramontana, e l'acqua che cade si fa, quasi diremmo, gentile.

Quando il cielo torna a mostrarci il suo bel turchino, brilla come il terso cristallo e sorride. Egli è tutto rinnovellato; e noi stessi ci sentiamo tutti rinnovellati all'aura leggiera, pregna di ossigeno che respiriamo. L'estate è morta; nasce l'autunno. La tempesta e la folgore furon l'esequie alla prima; il gaudio sereno dell'universo inneggia congratulazioni alla culla del secondo. Sembra la natura cerchi farci obliare che il caro bambinello è fatalmente destinato ad una vita di uggia e di tisi, per consumarsi nello squallore.

Una parola d'ordine, quasi un miracolo di strategia della moda, concentra in tutta fretta, e per pochi dì, i battaglioni volanti della eleganza, che stavano disseminati per le spiagge marine. Vita, brio, intrighi, amore, galanteria tornano nella città. Queste sentonsi illeggiadrite al ricevere gli ospiti antichi.

Due mesi orsono, quando tanti tesori di leggiadria, tante incarnazioni di sogni da poeta disertarono, conveniamone, adombrava il bel quadro una tinta di stanchezza, e quasi di malattia. Non si respira impunemente l'atmosfera dei salons. Essa indebolisce e snerva il corpo, consuma un po' la energia della mente, attutisce i palpiti del cuore; in una parola: addensa attorno al nostro essere materiale e morale un miasma d'accidia nei pensieri, negli affetti e nelle azioni. Questo miasma aveva esercitata la sua triste influenza sugli eserciti che cantavano impazienti l'inno della partenza, e s'apprestavano valorosi a combattere battaglie... incruenti.

Ora è tutt'altro. Il sole della riva riscaldò il sangue, colorì l'epidermide. Le onde salubri irrobustirono il corpo, ed ogni elemento che questo costituisce si sentì ricolmare di una vigoria traboccante di vita. Così anche le nostre facoltà morali, i nostri affetti, le nostre passioni si fecero più vive ed impetuose. La nostra infiammabilità era logorata nell'attrito che produce la scintilla. Al ritorno, questa macchina pirotecnica dell'intelletto e del cuore si è nutrita di strumenti lavorati a perfezione, ne v'è dubbio che per un pezzo la si riguasti.

Tutto ciò grazie all'Estate. I figli della Moda, le farfalle del bon ton esclamano riconoscenti:

— Addio, cara stagione, arrivederci! Noi non dimenticheremo giammai tanti doni che ci largisti.

In questa inquietudine dei preparativi della vendemmia, che ci chiamerà fra poco alle ville, è una cara occupazione dello spirito rimembrare alcun che di ciò che per te avvenne dove noi fummo.

Per noi che volemmo osservare soltanto, senza partecipare a così fatto agitarsi, a tante e sì diverse emozioni, la è diversa. Fermare sulla carta il prisma di queste rimembranze, non è facile cosa. Nella nostra mente che cerca, scivolano le impressioni, nascondendosi nel rimestio incessante di altre impressioni. Assistemmo ad un rapido ondeggiamento di chiaroscuri dell'umana commedia. Ce n'era per ogni maniera di osservazione. Il brutto ed il bello; l'eroico, il poetico ed il ridicolo d'infiniti caratteri, brillò spesso chiarissimo sullo smalto della moda e della etichetta. In verità, fu brutta scelta la nostra! Lo spettacolo non era ancora finito, che demmo in uno sguaiato scoppio di risa, ed attraverso il gracidar martellante di que' suoni esclamammo:

— Tale è la vita!

Che non indovini l'amaro della parola e del riso quella bruna divina che s'ebbe tante avventure! Noi non potremmo salvarci dalle ferite profonde de' suoi epigrammi. Enumerandoci i suoi trionfi, schierandoci innanzi le legioni delle sue vittime, ella avrà ragione di dirci che se non vedemmo tutto roseo nel gran mondo de' bagni, siamo provinciali grezzi e sciocchi. Tutto sta a prendere la vita pel suo verso, eppoi essa è un godimento senza limiti, una ebrezza affascinante, una continua sorgente di esilaranti episodii.

* * *

Come la bella bruna seppe godere, trionfare e ridere! Rammentando solo il passato di pochi giorni sono, la smorfietta che increspa le di lei labbra leggiadre, alla presenza del marito, la si fa tanto più marcata e caratteristica. All'amabile donna sembra ancora vedere il povero commendatore così confuso, così scemo com'era in quel mattino memorabile, e le pare che anch'oggi ei debbasi abbandonar nuovamente alla stessa ingenua, fanciullesca allegria, che moltiplicò a mille doppi quella della galante signora.

Era un bel mattino davvero. Si riversavano sulla terra e nel cielo, torrenti biancheggianti di luce. Tutto l'universo era in festa. Così limpida e tranquilla l'onda del mare non fu mai. I bastimenti che la navigavano, spiegando al vento le vele, candide come ala di cigno, pareano portati in una corsa voluttuosamente molla e placida.

Le ninfe marine ed i tritoni della eleganza prendevano il bagno mattutino. Le acque s'abbellivano ancor più, lasciando indovinare, nella loro trasparenza, tesori di bellezza. È vero che talvolta - le imprudenti!- scoprivano eterocliti contorni di corpi e di gambe formati sullo stile gotico… Ma questo dava al quadro maggiore risalto e varietà, e forse ne accrescea la vaghezza.

La civetteria del coraggio e quella della timidezza avevano stabilito il loro campo d'azione sulle acque. Povere acque, innocenti ed inoffensive, allora, come bamboletto che dorme. Ambe queste varietà di civetteria riportavano segnalate vittorie.

La coraggiosa signora che a nuoto spingevasi come freccia verso il largo, sfidando ridente il cavaliere che la seguia trepidante così davvicino, iniziava un'avventura, faceva uno schiavo. L'ombre della prossima sera intesero giuramenti e baci e sospiri, solo dovuti a quella lizza sull'acqua.

Per contrasto, la timida e soave donnina che bramava imparare il nuoto, ma che lasciavasi vincere da così esagerati timori quand'era sull'acqua, faceva perder la bussola al paziente e vago compagno che la incoraggiava, le insegnava, la sorreggeva con premura affettuosa, con cura assidua e minuta, con tutta la delicatezza e la voluttà di un amante.

" Non resisterà" diceva la tremante creatura nell'intimo suo. E come resistere a quel molle, confidente abbandono; all'affannoso palpito di quel seno provocante come quello di Venere e casto come il seno di angelo; allo scoloramento di quel viso celeste, ai fremiti della bella persona?... Per resistere bisognava esser di sasso... E il compagno della bella paurosa non era di sasso.

La contessa di X era immersa in un colloquio molto caldo e molto secreto col viscontino di Y. Poco lungi da lei il marito bamboleggiava e si faceva spruzzare, fino a perderne il respiro, dalla celebre Elisa. Le male lingue dicevano che il conte fosse una delle sorgenti alle quali la Camelia emerita attingeva, per alimentare il baratro delle sue matte e rovinose spese.

Ma torniamo alla nostra bruna.

Era presso la riva. La s'avviava al bagno. Accompagnavanla due cavalieri.

Il commendatore marito, col suo ventre enorme, col suo volto bitorzoluto e scarlatto, colla sua aria d'ingenua bonarietà, veniva dietro, recando oggetti appartenenti alla moglie.

Fra i due cavalieri correa una nube. Questa nascondeva una tempesta cui un nulla avrebbe fatto scoppiare. Essi erano gelosi l'uno dell'altro. Nell'intimo della signora era una inquietudine, un imbarazzo che invano tentava nascondere. Ella aveva paura di uno scandolo e l'avrebbe forse evitato se l'imprudenza o, per meglio dire, la cecità del marito non avesse riuniti i due cavalieri là, sulla spiaggia.

Quello che doveva avvenire avvenne. Un epigramma scoccò. Lo incrociò senza indugio un altro epigramma. La dama divenne bianca come lino lavato; un cavaliere rosso come cresta di gallo, l'altro verde come una prateria. Mirabile fenomeno chimico!...

Seguirono parole punto equivoche. Il marito, sopravvenuto, Credé, temé, sospettò indovinare qualche cosa, e il suo viso prese tale espressione di stupore, di collera e di interrogazione, che i cavalieri restarono interdetti e riconobbero la necessità di usare prudenza.

La bruna riprese tosto gli spiriti che l'avevano abbandonata. Essa rimproverò acerbamente i cavalieri dell'essersi lasciati trasportare per sì meschina questione, qual era quella di saper meglio o peggio nuotare ed aiutar lei nel nuoto. A questa franca e semplice spiegazione, il marito si rasserenò, propose che i cavalieri e la sposa andassero insieme al bagno, nuotassero insieme, e gli uomini aiutassero insieme e senza invidia la donna.

Chi poteva tenere le risa? Rise l'adorabile bruna... ed accettò. Risero i cavalieri, e... ed accettarono pure. Rise il commendatore-marito, rise più di tutti, glorioso di aver sedato un malumore, e sicuro del fatto suo...

Da quel dì i cavalieri non sono più gelosi e si scambiano, con esattezza militare, le loro ore, per servire l'amabile bruna.

Sulla riva nacquero e morirono amori. Il caldo sole che arroventa le arene, squagliò il ghiaccio nel cuore della leggiadra giovinetta che si appoggia abbandonevolmente al braccio dell'amante felice. La graziosa fanciulla che noi vedemmo sempre ridente, incontrò al bagno un grosso banchiere, presso ai sessanta, che le fece proposte di matrimonio. Da ragazza di spirito accettò, troncando d'un tratto i mille sogni d'amore e di poesia che su di lei aveva formato un uomo di cuore che avea la sua fede... Dell'abbandono il sognatore se ne consolerà presto... forse!

Le onde rigettarono un dì il cadavere di un'affogata. Era bella, come l'idea gentile che dipinge l'eroina di un casto poema. Il dolore aveva dovuto spezzare quel povero cuore.

Sul cadavere vennero sparse di molte lacrime sincere, e si tesserono lodi di cui il mondo è avaro anche ai buoni davvero. Un elegante signorino che faceva la corte ad una ricca ereditiera zoppa, gobba e gialla come i marenghi di papà, s'imbatté egli pure nel cadavere. Lo vide, impallidì assai, poi ebbe rabbia di avere impallidito.

"Sciocca sempre" mormorò egli dell'affogata, "troppo onesta e troppo amante! Che ci ho che fare, se la s'illuse ch'io mi abbassasse a sposarla? Dovevo io lasciare, per le sue bellezze, sessanta mila franchi suonanti di dote?... Oh!, io avrei rimorso a stabilir quest'assurdo!"

Tutto ciò, per quest'anno, è finito. Non più imprudenze, non più avventure, non più romanzi che hanno la vita di una settimana e si sviluppano all'aperto, sotto un cielo sconfinato, presso l'eterno mormorio delle onde.

Cessarono le calde giornate in cui il corpo giace inerte e la mente non concretizza le idee; ma nelle quali fantastichiamo in dormiveglia per ore intere, vivendo una vita di sogni. I poetici balli sotto gli alberi, nelle rotonde scoperte che guardano la riva, nelle sale ariosissime da cui si domina l'immenso mare. Laddove natura si sposa all'arte per rendere più inebriante la vita, non ci danno più ormai quegli strani contrasti di pace profonda e di moto febbrile che tanto gustammo. Le placide e serene notti d'estate, nelle quali ci abbandoniamo così di sovente alla voluttà della malinconia e del romanticismo, sono passate. Questo libro attraente della vita e del gran mondo, che noi leggemmo e gustammo con frenesia, è tutto sfogliato; è chiuso. Ora ci volgiamo ad altre emozioni.

Saranno esse così varie e così complete? Ahimè! no! Le ci danno sovente stanchezza e vuoto, mentre presso al mare la stanchezza ed il vuoto delle relazioni sociali era quasi sempre temprato dai conforti della natura. Certo, non mancò il veleno nel calice libato dai figli della moda, nella stagione de' bagni; ma non mancò neppure un dolce balsamo. Questo balsamo lenì molte pene e rese meno amari molti dolori.

Lo avrà la Gran Società quando sarà rinchiusa, strozzata fra le mura dei saloni? Ne dubitiamo.

-FINE-